탱자가 익어 갈 때

탱자가

익어 갈 때

신순임 시집

스타북스

시인의 말

무첨당 입문한 시간 따지면

30년 지나야 핀다는 지의류

흩잎 형체 돋우는데

그간 듣고 보고 접한 우여곡절들

사계절 보내는

치유의 힘으로 평온 들어

복伏 중에

단장丹粧해 나들이시키려니

먼저 댓돌 내려서는 설렘

파라우리한 흔적 속

먼 시의 길 도반 자청自請하네

임인년 복伏중에

신순임

차례

2

패랭이

3

4

연모

5

1

가
짜
뉴
스

귀울음

지령받은 공작원같이

주위 살핀다

좀체 주파수 잡을 수 없다

암호 해독하려는

안면근육

죄다 차렷 자센데

다음 지령 날아든다

숨소리 죽이는 신경 사이로

간헐적 망치질 더 빨라질 때

검거장 날려

일망타진하는 타이레놀

암호 푼다

아줌마

미뤘던 모시 한복 풀 먹이고
다림질하는 한낮
면티 해바라기 가슴팍 착 엉개붙어
고인 땀방울 빨아내는데
콩국수 시켜놓았다는 지인 전화
입은 대로 뛰쳐나갔더니
골프웨어 입은 중년 부인 옆자리
앉고 보니 양말 구멍 꽤나 크다

콩국수 한 그릇 비울 동안
대자리 앉아 눈 내리깐 샤넬 가방 피해
치마 속 숨어 에어컨 바람 쐰 엄지발가락
쥐 내려도 찍소리 한 번 못 지르고
읍내라 깔본 심보, 수백 번 더 나무라고
지인이랑 옳게 눈 못 맞추고
사거리 신호까지 어기며 당도해
패댕이 친 양말
세탁기는 애기 다루듯 한다

눈
치
없
는
사
람

노시인님 문자 손끝 불 지펴

뭉글뭉글 피는 연기 탈치며

전화 걸어

뒷산 방구에 눌려 기진맥진인 목소리

얼른 빼내어

"주소 좀 알려주세요"

"쌀 좀 보내려구요" 했더니

두 눈 번쩍 세우는 촌락의 쌀

배시시 웃는다

있는 것보다 없는 것 더 많던 시절

부모님은 이웃에 불나면 제일 먼저

쌀 간장 된장 들고 가시던 걸 보았던 터라

급한 맘 두서없이 표했더니

노시인님 큰 웃음

소통과 공감 환히 웃겨

눈치 없는 사람

계좌이체 하는 손가락 리듬 싣는다

새
⋮

큰 집 살림 이력 좀 붙고

계촌도 좀 헤아릴 줄 알게 되자

평소 하나씩 물물교환 제안하던 새치

큰아이 고교 졸업식에 스스로 염색약 챙기더니

격식 차릴 자리 생기면 보약같이

으레 먹어야 하는 것처럼 어깃장 놓으며

염치도 체면도 가리지 않고 촐싹거려

동거동락同居同樂 하노라니

굴러 온 돌이 벡힌 돌 뺀다고

텃세까지 부리는 가운데

대소가 아지맴들 새댁으로

할부지들 새사람으로

먼 촌수 시누이들 새언니로

시동생들 새아지매로

친정 조부 가려 가려 지어주신 이름 간곳없이

새자 붙어버린 호칭 두고

주인 노릇 하는 은발

제 나이테 자꾸만 헤아려도

들어 온 사람 새롭게 위하는 미풍양속

누룰 수는 없지

노안

가까이 오면 낯설고
멀어지면 알 듯 말 듯
어중간하면
그 사람이 그 사람이고
누굴 닮긴 닮았는데
도통 잡히지 않는 감
심란하다가
뜬금없이 쨍해진 생각
아!
눈물겹다
익어가는 생 받들기

갱
년
기

보리누름에 중늙은이 얼어 죽는 날
암 초록으로 옷 갈아입는 산야에게
사흘째 침모된 비
누구도 모르게 분주한 손길
연둣빛 어린 모들 깝쳐
무논은 콩 볶고
흙탕물 속 풍년 향한 달음박질
출발선과 도착선 같은데
빗방울 굵기따라 농도 달리해
산야의 각선미 들어낸 초록
빗속 장 걸음 하는 날 희롱한다

반소매셔츠마저 벗어 던지고프다

조
갑
증

역병 이어지며

순조로운 것 하나 없는 신축년

가을 하늘이 수상하다

분명 방광에 문제 생겼음이다

올 사람도 없는 추석 맞아

후려치는 장대비

대문 여는 것도 허락 않더니

뒷날부턴 제습기 몸살 나게

찔끔찔끔 찔기니

고도비만 된 마당 검푸른 곰팡이

태평 공법으로 평지 미끄럼틀 만드느라

여유만만인데

독 안의 곡식만 축내는 것 아니라

나라 살림까지 갉아먹는 가을장마

물러날 시각 알리지 않아

좁쌀 된 조갑증 여우비 아래 소리친다

짝대꼬쟁이같이 마른 성정으로

제발 스스로 물러날 결기 보이라고

입당원서

애주가와 마주하는 저녁상

반주로 받은 막걸리

갱년기 앞 감주 되는데

든 자린 표 없어도

난 자린 표난다는 말로

막내 빈 자리 확인하며 입술 축이지만

한 잔 못 벗어나는 반년이

고개 숙여 민망함 포장하는데

남편의 아쉬운 눈빛 포기 잊은 어느 날

한 잔의 경계 넘을락 말락 할 적

안주 없다는 핑계로 내려놓았더니

소금 종발 내민다

탁주의 진정한 안주 입증하는 물증으로

꾼으로 받아들이겠다는

농담 아닌 농담 앞

구운 소금으로 입가심하며

주당酒黨에 입당원서 제출한다

빈둥지

용자 문살 빗금 그으며
늘어진 단잠 홀랑 벗기는 소리
"미역국 우예 끼리노"
얼매나 아부지 닦달했는지
남편이 부엌 들랑날랑한다
에라이 밥 한 그릇 얻어먹는다고
용상에 앉는 것도 아니고
내식으로 간 맞춰 먹는 게 당상이라
찰밥에 미역국 끓이며
그래도 무병장수 최고라고
남은 당면 한 움큼 불린다
스무 핸 엄마에게 얻어먹고
열 핸 주변에서 얻어먹고
스무 해 그냥 알아 끓여 먹으며
중간중간 딸에게 얻어먹었는데
녀석들 하나씩 객지살이 가며
헐렁해진 살림살이 '적당히'가 잘 안 돼
집 나가는 여자만큼 어질러 놓고
야들야들한 미역 잎 질겅질겅 씹는데
휑한 식탁 꽉 채우는 녀석들 카톡
순서대로 날아와 입맛 살린다

이소 (離巢)*

연년생 아이들 순서대로 객지살이 떠나

텅 빈 가슴 안 무단횡단 하는 노파심

어찌할 줄 모르건만

팔십 넘어 엉뚱한 행동 안 하려면

정체성 확립 확고히 하라며

매몰차게 한 마디 던지는 남편

근육 이완제 처방하던 정형외과 원장 같아

내 새끼는 내가 제일 잘 안다는 말

이불 아래 숨기고 돌아누우니

두 눈에서 솟구친 용암이 베갯잇 달구는데

차가운 달빛 끌어 그림자 길게 뻗쳐

한 마디 안 놓치고 다 들은 북향화

간청 아뢰는 사관*처럼

꽃 싸움도 꽃보고 하면

꽃 색에 눈멀고 향내에 코 튀어

한 박자 쉰 문장 귀에 순하다는데

헐렁한 방 빠져 나온 막내 거친 숨소리

널뛰는 감정 속 비녀목 끼우네

* 새의 새끼가 자라 둥지에서 떠나는 일
* 임금의 명령을 전달하던 내시 등의 벼슬아치

가짜 뉴스

명절 금기사항 어기고
원로 시인님 보내신 카톡 메시지
"한국어가 UN 공식 언어로 채택되었습니다"
신명 다해 낭독했다
지구촌에서
가장 과학적이라는 모국어가 드디어
세계인의 언어가 되었다니
이 얼마나 감개무량한가?
긴 내용 도입부 지나는데
소리 없는 아들 웃음 귓가 스치길래
"못 믿겠다는 것이냐"고 팻대 세우니
여지껏 보내주시던 것 대부분
검증 거치지 않은 것들이었다네
순간 일사천리로 튀는 비말
손까지 떨어가며 퍼 나를 땐
얼른 전해야겠다는 사명감 있었노라니
푹 퍼질러 앉은 명절
찰랑찰랑한 막걸리 사발 건네며
눈치껏 하라며 싱긋 웃네

나는 누구인가?

지구촌 안 가는 곳 없이 다 다니며

강, 약 조절해 유행 바꾸며

하고픈 대로 다 한 코로나 19는

몸은 멀리 마음은 가깝게 하라더니

이웃과 거리 확실히 둔 새집들로

낯선지도 그려 놓았는데

지방 선거 홍보 문자는 전국 동시에 누빈다

아들 군부대 앞 여장 푼 강원도 인제군

밥 한 그릇 비운 충청도 논산

아이들 학교 앞 잠시 머문 포항

터 잡고 사는 주거지에서 숨차게 보내와

익히지 못한 축지법이 스팸 처리하는데

물음표와 느낌표 사이에서

탈탈 털리는 신상이 무서움 덮어쓰며

2년여 만에 간 대형마트

용광로처럼 건네보는 무인 계산대 앞

땀 절은 신용카드 등신 반열 등록시키니

코 밑에서 허탈하게 올려보는 시니어

보이지 않는 바이러스 원망할 힘 놓고

도우미 찾는 눈길

미로 속 안개 걷으며 운다

나는 누구인가?

시골살이

연료비 아까워 겨우내 비웠던 방 솜이불
일광욕 겸해 거풍 시키려니
귀퉁이 신접살림 차린 꼬마 서생원
갑작스런 인기척에 온 방 날뛰어
헛방맹이질 얼마나 했던지
부들부들 떠는 팔 고이고이 달래
재활용 통 넘치게 이불 내놓고
훈증소독으로 분심 달래고
설 대목장 보러 참기름 방 들르니
여진 참깨 물고 가는 서생원
낯선 인기척 알아채고
머리만 수챗구멍 들어 밀었다 쏙 나와
먹잇감 낚아가길 반복한다
오전 심정 같으면
헛팔매질이라도 하겠구만은
미물도 설 쇠러 시장통 누빈다 여기니
산다는 것
마음 한 자락 머물 공간만 있다면
측은지심 하나로 버틸 수 있겠다 싶어
한참 째려보고 만다

보기만 해도

한가위 앞둔 척추
배추 석단과 베게만 한 무꾸 하나
들고 왔다고 품삯 내놓으라며
방바닥 구르며 시위해
페노크린* 한 봉지로 협상 보자니
콧뚱도 안 꿰어
물리치료 3일로 재협상 중
탕제실 나오는 남의 약 본 코
벌렁벌렁 평수 넓히고
무농약 재배한 약재 문구 본 눈
이맛장 골 짓길래
눈 딱 감고 한약 한재 지었더니
밥때마다 국 냄비 위
올라앉아 애지랑* 떨어
보기만 해도 힘이 난다

*파스 이름
*아양

엿보는 건

허재비 기운 어깨 위 걸터앉은 햇살
들녘 스쳐 가는 바람 온도 자꾸 재는 걸 보니
곳간 인심 짚어 볼 날 가차운데
반듯한 논 따라 벽돌 담 두른 주유소
요상스런 간격의 구멍
뭉글뭉글 빚어내는 엿보고픔
찌릿찌릿한 그 무엇
큰 비밀 아는 양 의기양양한데
들녘 떠나가게 풍년가 울리려는 가을
황금빛으로 오감 자극하려는 부푼 꿈
잽싸게 구멍 가려 시선 빼앗으니
집게손가락 침 발라
눈꼽재기창 구멍 내던 유년
뭐든 엿보는 건 인품에 금 긋는 것이라며
중년의 여유
바닥부터 탄탄히 다져졌어야 하는 거라며
커진 간 더 키워
구멍 향한 유혹 싹둑 자르니
허재비도 손뼉 치며 옳은 말 새겨들으라네

2

패
랭
이

설연화

입춘 바통 건네받을 봄 전령들

겨우내 감성 감춘 대지 긴 하품 속

발아하는 고유의 색 끌어내면

울렁증 앓을 준비 다 하고

샛바람에 거칠어진 들숨으로

자연이 주는 공짜 선물 앞

순한 날숨 뱉는 설연화

언 대지 뚫고 대낮 보름달 띄워

'영원한 행복'*으로 입맷상* 차려

초록 생들 늦잠 다그치며

온몸 떨어 태우는 노란 향

꿀벌 시장기 돋우고

봄 전령들 저고리 고름 풀어

봄의 향연 미리 보기 시키면

꽃샘바람 깃털 맥없이 주저앉는다네

* 설연화 꽃말
* 잔치 때에 큰상 차리기 전이나 시장기 면하기 위해
간단하게 마련하는 음식상

봄
까
치
꽃

—
개
불
알
풀
—

너의 이름을 처음 알게 된 날

작명가를 무척 원망했다

부서진 감색 낱장의 바다가

길 잃은 파도 안고

초록 융단 속 앉은 것 같은 너

앙증맞은 꽃잎 파르르 떨며

내일모레쯤이면

쇠음지*에도 짧은 해 당도할 거라며

겨울 이겨낸 이야기 끄트머리

매화보다 더 일찍 눈 뜨고도

봄꽃이란 명함 내밀기 민망했다며

새로 받은 이름 살며시 꺼내길래

개 불알 풀

봄 까치 꽃

개 불알 풀, 봄 까치 꽃

번갈아 불러보노라니

반가운 소식 전하는 까치가 훨씬 났구나

*북사면

함박꽃

눈으론 가늠되지 않는
너와의 거리
벌름거리는 코
바람 헤집어 길 내는 와중에
벌 나비 퍼 나르는 염문 접하니
향기로 하여금 더 높던 자존감
우주 향해
뭉글뭉글 피어오르며
대중들 가슴 데펴
화무십일홍, 화무십일홍
감탄사 뽑아
꽃잎 훨훨 춤추여
봄 달구고 익히며 정리하는 생

비정함이더이다

봄
비

골기와 사이 엉덩방아 찧으며
미끄럼 타는 봄비
내 반기는 이
고개 빼는 소리 들릴 때까지
남녘 쓸고 오는 매화 향
문고리 당길 때까지
호미곶 청보리
한 뼘 키 키울 때까지
묵은 시간 까닥까닥 구으며
오수 즐기는데

연둣빛 고인 양동천
도롱뇽 알 까매지고 있네

가지치기

안강 장날 홍매화 가지 불났다

꽃술에 앉은 꿀벌 벌렁벌렁한 궁뎅이로
바깥소식 나르고
꽃불 구경에 혼 나간 참새 떼
홍매화 그네 태워 3월 하늘 향내 날려
나무뿌리 쥐 나게 구경꾼들 불러들이고
하늘 반 토막 낸 담장 위
홍매 그림자 베고 누운 길고양이
사람들 눈길 다 재낀 배짱 두둑한데
청석 땅에 터 잡아 곤한 홍매
내려앉은 어깨 곧 빠질 것 같아
한 가지 뭉텅 자르니
속으로 들어갈수록 선혈이 흘러
뒤란 나뭇단 뒤 던지곤 잊었는데
본가 소식 전하는 꿀벌의 성심 앞
쿡 찔린 양심 궁색한 변명 토한다

씨알 좋은 후손 얻기 위한 일이었노라고

먹고사리 꺾으며

걸음 뜸하던 무서리 맞은 백목련 헛기침하면

신들린 무녀마냥 설창산 종지봉 날아오르는데

아침저녁 굴뚝 연기 올리던 꽃샘추위

죽기 살기로 따라붙어

거뭇한 고사리 보곤 슬며시 힘 빼는 사이

가장 낮은 자세로 고사리 수비대

망게 덤불 뚫는 손끝

종지봉 전신 더듬어 햇살 부려놓으면

엄지와 집게 사이 든 먹고사리

허리 펼 짬과 짬 사이 기막힌 줄타기

설창산 줄기 접었다 펴고 펴고 접으며

등성이 등성이 넘겨 이름값 더할 때

절기 맞춰 키 키우는 봄에게

투명하게 포장한 말 "제수 장만" 건네고

너도 생명 나도 생명인 것

더불어 살자 이르며

두 벌 세 벌 만날 시간 따지던 욕심

뭉텅 농갈라 산 아래 굴리니

가방 부풀려 동행 청하던 쌀랑바람

머물렀던 욕심의 흔적 말끔하게 지우네

풍접초

환갑 진갑 다 지나도록

담장 안 들인 족두리 꽃

알뜰살뜰 거두는 밤골댁

마당 달아오른 날

숭어리 진 붉고 흰 꽃잎

살랑살랑 이면

찬물 한 그릇 놓고

맞절로 부부연 맺던

열일곱 아씨 되어

집안 가득 연분홍 연정 채워

벌 나비 잔칫상 차리고

낮달도 끌어 내릴

입꼬리 세워

족두리 쓴 새색시 되어본다네

괭이밥

척박한 땅 살뜰히 일구다가
더위 온다는 소식 접하면
물 한 방울 머금지 않는 피부로
줄기마다 보름달 쪼개 이고
고생한 흔적 싹 지우는 괭이밥
널씬한 몸매에 갸날픈 음성으로
"빛 나는 마음입니다. 빛나는 마음"이라며
바람 인사 건네는데
그마저도 실컷 못 먹었던 유년이
햇살도 밀치는 물광 피부 쓰다듬어
침샘 깨우노니 여전한 새구로움
세월 이겨 먹으려 눈 꾸욱 감기우며
옛 이름 '시금치' 불러들여
잠자던 추억 새콤하게 절이네

까
치
집

연둣빛 주렴
있으나 마나 한
그 집

혈기 왕성한 유월 햇살
너댓 번 걸음 할 동안
민망해하며 수시로
훔쳐보던 그 집

신랑 각시 구별 안 되더니만
은행나무 꼭대기 뒤흔들며
녹음 대문 열고
소통하는 소리
아침 고요 깡그리 부시고
이웃들 귀 틀어막네

바랭이

남들 늦잠 잘 때 눈 비비며 일어났더니

뾰족한 호미 끝이 심줄 조여

더 깊이 숨었다가 고개 드니

냄새도 안 나는 것 대소가 몰살시켜

멀리 이사하니

예초기 날 팽팽 돌며 목줄 따

뿔뿔이 흩어져 겨우 명 보존했구만은

좀 그냥 놔두면 안 될까

한방에 싹쓸이하는 신제품 찾으며

시멘트랑 기름 찌꺼기로

우리 종족들 숨 쉴 구멍조차 막아

억척스레 씨방 하나 달았는데

좀 그냥 봐주면 안 될까

바랭이 족장 하도 애걸복걸해

못 본 척하다가 백로에 눈 마주치노니

체전 통으로 깔고 앉아

줄기마다 네 가닥씩 씨 맺고

종량제 봉투 깔봐

뭉텅한 낫으로 철칙 가하며

다음 생에는

부디 식용으로 나라고 빌어준다

서답돌

좌식생활이 버거운 조카
바라지문 아래 서답 돌 걸터앉아
손가락 두 개로 시간 쪼개며
스마트 폰에 영혼 묻길래

큰 집에 놀게 천지강산인데
하필 궁디이 헌디* 나게
서답 돌에 올라앉아 뭣하냐고
잘 때만 방에 들어오라고 일렀더니
큰 엄마 짜드락 방망이 소리보다
궁디 헌디 나는 게 더 무서워
동시리한 궁디이 먼지 털며
풀쩍 축담 내려서는데

바가지째 내리붓던 팔월 땡볕
아이들 발끝 따라 뛰느라
땀이 콩죽이네

* 부스럼

겨울 빨래

집안에 훈기 지피는 보일러

잠시 쉴 짬 허락 않는 맹추위

눈에 뵈는 건 몽땅 얼릴 요량인지

일 주일간 마실 나갈 생각 없어

내일 내일로 미룬 빨래

춥고 간지럽다는 엉구럭 대단해

샤워시켜 바지랑대 공구어

일광욕시키노니

대관령 덕장에서 해풍 맞으며

몸값 올리는 황태처럼

순식간 등어리와 배가 딱 달라붙어

두 손 맞잡고 조심조심 걷노라니

손닿는 곳마다 피어나는 수증기

제 왔던 곳 찾아

용마루 걸터앉은 섣달 짧은 해

대신 빨랫줄에 널고

급히 방안으로 쫓아 드는 모양새

조난 신고하는 조타수네

패랭이

상중喪中에 시집와
빈소 마루 걸린 패랭이* 보며
골동품인가 여겼더니
상주 외출시 쓰는 갓이라네

상복 입고 출타할 일이야 뭐 있을까만
시조모 계시와 그냥 두고 있는데
댓개비 사이사이
검게 내려앉은 세월의 무게
바깥세상과 담쌓은 지 반세기
성도 이름도 순우리말이요
보따리 장사부터 시작해
신분 세탁 다 되어도
이녁은 어째 제자리냐며 볼 적마다
한 세기 쟁였던 회한悔恨 풀어내
허둥지둥 먼지만 털어주노라니
잊혀져 가는 것 짠하게 다가서
나지막이 이름 불러준다
패랭이

*역졸 보부상 같은 신분이 낮은 사람이나 상제가 썼음

달팽이 고리

소장가치 따질라치면 골동품점 가야겠지만

한 시절 엄마 손에 놀아나던 것들이라

눈요기로 행복지수 높이기에 이만한 것 없어

일부러 들러 보는 안강장

달아오른 아스팔트 위 목마름 잊고 모로 누워

새 주인 기다리는 민속품 중

녹슬고 때 눌어붙은 달팽이 고리

돌돌 말은 몸속까지 햇빛 밀어 넣고

말라버린 촉수에 기 모아

누군가 알아봐 주길 고대하는데

여인네들 잠자리 들기 전

한옥 문고리에 숟가락 꽂던 때

돌쩍 빼지 않는 한 열 수 없는 잠금쇠로

쇳대도 필요 없이 요긴했지만

디지털 도어락이 집 지키는 세월

맘만 먹으면 열 수 있는 쇠붙이

아무도 알은 척 않으니

스스로 달구어 가는 열기 범접할 이 없네

사선 (紗扇)*

폭염주의보 아래 트랙터로 빈 논 메우는 농부
하루가 모자라 달빛이고 모내기하는데

해마다 새로운 이름으로 다가오는 바이러스
보기 싫어 눈만 빼꼼 내놓은 젊은 구경꾼들
한가로이 거니는 마실에서
남편과 재회하던 장면이 배시시 웃음 짓는다

초례청 드는 새신랑같이
낡은 활자로 얼굴 가린 사람 숱한데
아는 얼굴 없어 그냥 돌아서는 순간
빙시레 웃으며 쳐다보는 이 있어
"저 아세요"가 부부 연이어지게 했는데

그 예전 방한대로 쓰던 사선紗扇
한 세기도 채 못 지나
유해 바이러스 차단용 되니

사전적 의미도 재해석해야 하나

*벼슬아치가 외출할 때 바람과 먼지를 막기 위해 얼굴을 가리던 제구

3

탱자가 익어 갈 때

가
을
1

안계 못 청둥오리 떼
정확한 출퇴근 시간

아침 7시면 들로 나가
저녁 다 되어서야 돌아온다

V자 그리는 군단
대장 호령 소리에
우렁찬 소리로 답하는
군졸들 함성
가을 하늘 뒤흔들어

겁에 질린 가로수 잎들
가을 쏟는 소리

시끌벅적하다

말복보다 먼저 온 입추

돌담 틈새 무허가 노래방 차려

깊어 드는 밤 갉으며

고성방가하는 녀석들

멀리 뛰기 하는 항골레 풀무치에게

낮 임대 놓고

새벽녘 홑이불과 텃새 벌리며

명함만 만지작거리다가

깻조자리 톡톡 입 벌리는 소리에도

세무조사 피할 방도 찾아 노심초사라

불볕더우*도

아침저녁으로 어린 애 다루듯 하네

＊불볕더위

입추지절에

어정 칠월 걸어 나가고
건들 팔월 슬슬 다가와
뚫어진 문구멍 덧댈 궁리로
계자난간 기대앉았노라니

방낮 악쓰던 매미보다
더 긴 곡 독주하는 귀뚜리
짧은 공연 일자 공개하며
저음으로 분위기 다잡는데
알알이 여문 알곡들 모실 궁리로
고방 문 수시로 열었다 닫는 건들바람
박자 놓친 추임새도 한 몫 거들고
초경 치른 아이 젖망울 같은 매아리로
내일부터 들에 나가는 횟수 줄겠다며
알분스럽게* 나서는 성질 급한 소국
한 옥타브 높인 소리로
늙은 초록들 기죽이며 은은한 향내로
서성이는 가을 확 낚아채네

* 능청스럽게

늦가을에

석양 뒷배경으로
황혼 속살
고스란히 내비추우고
멧새들에게 성찬 차린
홍시

반백인 나도
황혼 되면
전신 공양할 수 있을까?

탱자가 익어갈 때

더넘바람 양철통 여불때기 흔들면

물 건너온 명품 맥고모 턱까지 눌러쓰고

메밀잠자리 비단 날개옷

하염없이 바라보는 허재비

귀가 시간 알리는 짧은 오후 야속하고

양파망 쓴 수숫대 여여한 몸짓

참새에겐 그림의 떡으로

여유만만하게 거지중천 비질하는데

연초 세웠던 칭찬 아끼지 않고

많이 웃자던 긍정적인 생각

핫바지 방구 세 듯 실실 흐르고

아이 중간고사 숫자에 노랗게 익는 가슴

껴입은 한 겹 옷 속 갈무렸는데

익어가는 모든 것은

역경 건너뛰는 고초 있기 마련이라

"믿으라니까. 믿으라니까"로

밤새 위로의 말 건네던 귀뚜리

가시 맺었던 이슬 따라 종적 감추니

턱 밑 다가온 결실의 시각

노동요 챙겨 산천 들썩이네

어리랑 어리랑 어라리요

나락 해기 피더니

총총 핀 깨꽃
폐부 깊숙이 향내 전하고
넌들 넌들 한 콩잎
손바닥 쳐 바람 일 받는 봇도랑가
연이은 폭염 양수기 호스 타고
나락 해기 뽑아 올리는데
작년 소품 하나 안 빼고 꼭꼭 챙겨
질퍽한 논에 발 묻고
한쪽 어깨 올려 참새 떼 훌치며
여름 밀치는 허재비*
메밀잠자리랑 소소한 정통해
가을 들녘
누렇게 누렇게 염문 뿌릴 때
아랫도리 바싹 태우는 나락
잉태한 풍년 해산 준비 막바지다

＊허수아비

리듬 타는 사과

저농약 사과
학교 급식용 납품하는 내단 양반
일 년 치 선 주문하면
"몰시더"
"함 보시더"로 일관하더니
올가을엔
"나발 다 배울 동안
내 힘으로 벌어 써야 안 되겠니껴"라며
선뜻 단골들 입맛 저당 잡는데
아오리 빛 나잇살 색소폰 소리 높이면
리듬 탄 사과
탄탄한 육질과 높은 당도 앞세워
빼곡한 음표 오선지 가득 채우고
인물 자랑 떠날 준비 서두르는데
공치사 뺏긴 사과나무 달빛 조명 켜
과수 지지대까지 리듬 태워
흥건한 춤판 벌이니
내단 양반 나발 가쁜 호흡 몰아
'이별의 부산 정거장'으로
분위기 돋우네

은행잎

분칠 뽀얀 미화원이
손수레 가득 담은 은행잎 옮기며
"황금이요" "황금이요"로
양동초등 학동들
등굣길 늘어진 감성 깨운다
한국은행장보다 힘이 더 센 압각수
밤새 벗어낸 황금 두고
깊은 잠 청하는 의연함
계절의 시간 성큼 건네는데
찬 기운 말리는 햇살 속
싱싱한 추억 새기는 학동들
뭉실뭉실 피어오르는 동심
주체못해 뿌리는 황금비는
교정 가득 생기 채우며
소풍 가는 가을 미련 지우네
한바탕 웃음으로

장마의 심청

한동안 불기 못 쐰 아궁이

불어터진 그을음과 튼실한 거미집

철거하느라 수선 떠는 날

먹구름 무거운 몸으로 치는 헛웃음

천지 흔들어 풀어내는 심청

애꿎은 초목들 종아리 불내면

본분 잊어버린 토사의 난동

굳건한 초록 삶의 흔적 지우는데

빼곡한 물기둥으로 하늘 공구던 소나기

손부채에도 헐떡이는 모공 돌아보지 않고

알곡들 집 짓는 기초공사 들춰

초록 농심마저 녹이고

흰 무지개로 깜짝 우주쇼 펼치니

매년 마주하는 장마의 심청은

똑같은 적 없는 변신술의 화신이다

5일장 고추전에서

경중경중 걸음마 떼는 가을 본

5일장 고추전

사는 사람도 파는 사람도 황혼인데

밀고 당기는 흥정 폭염주의보 밀친다

비닐 자루 속에서 엄전 떠는 태양초

노전에 엉덩이 깔고 매운 내로 호객행위하자

농사의 농자도 모르는 구매자

때깔 곱고 미끈한 인물에 홀려

농약 잔류량 애초 관심 없이

꼭다리 푸른지 누런지만 살펴

사돈의 8촌 것까지 계산하며

어너리하려는 입씨름 어면 소리 물어내어

고추 딸 때 등어리 달달 볶던 태양과

비닐 덮고 체내 수분 날리던

생고추 증인 세우고

푸른 달빛 아래 주름살 골 타는

구슬땀 밀친 풀빛 붉덕손

시뻘건 농심 패대기치며

두 다리 뻗치고 앉아 엉머구리 되었는데

이 자루 저 자루 들쑤시던 수란 모르쇠하고

한 자욱 건너가 지갑 뚜껑 여니

고추전 스스로 돌개바람 속 걸어 들고

염천도 외면수습하느라 매운 내 속 숨어

영문 모르는 태양초는 술래 되네

단
풍

죽장에서 영천 입고 향하던 그

자양댐 구씨네 주막에서

붕어회에 막걸리 한잔으로

목축이던 사이

배행하던 억새

실향민 대신 옛집 찾아 흰머리 풀고

빨갛게 익어 드는 부사랑

구워 먹기 마치맞은 호박고구마랑

며칠 더 말라도 좋을 나락 그림자

통째 들여다 넣고

뒷산 가득 짜투리 햇살일지라도

가득 부려 달라 염불 외는데

술기운 몰아세운 그

꽁무니로 불똥 떨구어

댐 속 벌겋게 익히며

거침없이 오르막 올라

하늘 아랜 순색 한 점 남김 없네

단풍
1

싸아한 코끝
목도리가 그리운
아침

미완성의 수채화
그 누가 그렸지!

어젠 연두색 일상
오늘은 환한 노랑빛

내일은 무슨 색일까?

단풍 2

불국토佛國土 기운 속속히 흐르는 남산 품속
겁 없이 덥석 안겨
널브러진 야생화 흉내도 못 내고
헉헉대며 내상*들 죄다 불러낸 지선地仙 *들
왕조가 바뀌고 세태가 변해도
의연한 남산 솔처럼 한세월 누려보자며
소맥+으로 순백의 가슴에 화톳불 지르는데

벗님네와 어깨동무한 푸르른 오월
넘치는 거품 말아 넣는 소맥에게
만산홍엽 발끝 체이도록 빙빙 돌라고
퍼뜩퍼뜩 잔 비우는데

원석 청하 운정 혜공 장암 대송
단체로 입은 등산복보다 더 달아오른 낯빛
일찌감치 내려앉은 노을 밀치네

＊안사람
＊명산을 한가롭게 즐기는 사람(『抱朴子』「論仙」)
✛소주와 맥주를 섞은 술

병신년(丙申年) 가을

불볕, 찜통, 불가마, 가마솥, 찜질방
모두가 다르게 표현한 폭염
입추가 무색하게 이름값 여전하다

더 높이 날 꿈 가득한 왕잠자리
낡은 초록 어깨 간지럽히며
짧은 오후 농가른 고갯짓
순간마저 나누는데
속곳 삐져 나가도 남사스러움 모르는 초가
색옷 입은 나락 잎 보고서야
홍등에 몸 묻은 감나무랑
수상한 시절의 처세술 논하는데
까만 씨알 주저리주저리 매단 핏빛 몸으로
불쑥 끼어드는 미국자리공
조망권 좋은 곳으로 이주할 계획으로
멧새들에게 향내 날려 아첨해도
사방 널린 먹거리 천지빼가리라
조망권 좋은 곳으로 이주하려던 계획
파토*나게 생겼다고 퍼지르는 속내
된서리나 되면 가라앉힐란가

마지막 남은 열기로

색옷 준비 못 한 초목들 무안함 가리고

못다 여문 쭉정이들 어루만지며

존재감 살리는 병신년 폭염

입추 지나도 이름값 여상스럽네

＊파투

물봉골 가을 소묘

회재 종택 찾는 지구 촌민들 길잡이 하며

하마비 대신 자리 지키는 압각수

황금빛으로 가렸던 미끈한 몸매 드러내면

파라우리*한 하늘빛 베고 누운 애기수련

목련 이파리 끌어당겨 아랫도리 감싸고

황금 이불 바꿔 덮은 초가 참새 떼 식상 되면

야마리 없는 멧새들

마당 가 동개 놓은 콩 단 넘보는데

깊어가는 가을 속 넉넉함 취한 풀벌레들

낮과 밤 없이 향연 펼치니

가가호호 나래비 선 국화 화환 위로

꿀벌들 막춤 절정인데

기차*들 차량 꼭지 물고 서서

시사 차리는 큰댁들 피우는 웃음꽃

조상님 음덕 기리고

축담 아래 신발들 숨바꼭질로 분담 더할 때

목련 나무 꼭두배기에서 번지점프 즐기던 홍엽

천연기념물 동경이네 방 보료 만들면

이집 저집 훈기 훔치는 시월

차고 넘친 인정으로 골 바닥 단풍들이네

*파란빛이 은은하게
*차자

4

연
모

논물 보러 가는 걸음

수금포 옆구리 끼고
등 굽은 노인네 태운
삼천리호 자전거

늙은 관절 부딪히는 소리로
현풍들 초록 단잠 깨우고

밤새 칠월 보름달 씻기느라
마른기침 뱉는 나락
밥 멕이러 간다

물안개 가로질러

괘씸죄

아침마다 자명종 되어 준 그에게

성찬 한번 차리지 않고 맞은 초가을

녀석들 부리 쉴 줄 모르고

때 늦은 땅콩밭 맨다

그간 들인 공이 아까워

어찌 갈봐야 저지래 덜 할까

궁리에 궁리 더하나 뾰족한 묘책 못 내자

이름 남은 여름이 끓는 분심 내지른 순간

굵은 땀방울 힘찬 돌멩이로

그들 비상 다그치니

아침노을 벗는 해 머리 위 배회하며

덜 여문 땅콩집 다독이는데

환호성으로 하루의 문 열던 멧새들

접수한 땅콩밭 향한 가열찬 몸짓

푸근하게 다가서는 가을 끌어당겨

추수의 기쁨 먼저 즐기네

길 어 깨 *

생각 없이 뱉은 말 싸늘히 되돌아와

삶의 무게 더할 때

말초신경까지 걷어차고 짓뭉개도

무덤덤하니 그 기분 다 받아주어

감각 없는 줄 알았던 그 길에게

어깨가 있는 줄 알고서

국경일 다시 찾은 한글날 생각 해본다

시어른 찾아오기 어렵게

아파트 이름 외래어로 짓는다는 시중의 말

안방까지 문 열고 들어

외국어 열풍으로 몰아가더니

토박이말

촌부들이나 쓰는 격 떨어진 말로

우리말 사전에서나 찾아야 하니

통일되면 언어장벽에서

또다시 남과 북으로 만날 우리말

경부선 고속도로 하행선 공사장

"길 어깨 없음"이

정겹고 따뜻한 순우리말 찾아 쓰기의

작은 불씨 되면 참 좋겠네

*노견(路肩)

풍선껌

잠 덜 깬 아이 마른입에
간장 비빈 밥 한술 물리고
급하게 자동차 운전대 잡는데
안개가 삼켜버린 마을 다리 위
중년 여성 넷이서 이정표 확인하며
여유 있게 담배 피우기에
양동마을은 목제 건물이 많아
금연이란 말 떨어지기 무섭게
"쓰미마셍"한다

한 바퀴 돌고 오는 분통골 입구
초가집 배경으로 사진 찍는
그 여인들 유창한 우리말

푸욱 불어 터트리는 바람 풍선
허공 가득 채운다

반성문

단오 지난지가 언젠데

분통 같은 집 틀어박혀

맨날 먹고 싸고 먹고 싸

댓돌 위 똥탑만 높이기에

야, 이놈들아

나가서 똥 싸면

어데 덧난다더냐

큰소리로 나무란 뒷날

제비 오 형제 외출하며

문지방 얹어둔 문학지 표지 위

보랏빛 속내 까맣고 희게

휘갈겨 놓았네

자벌레

치자 물 먹인 베 한 필 올 잡아
서답 돌 눌러 놓고 도포 마름질하려
반질당시기 옆에 끼고 안방과 마루 사이
어정 어정이노라니 한나절이 후딱 간다

심심한 해 서녘으로 산보 가고
바늘귀에
누진 다 초점 안경알 미끄럼 타고 놀 때
앉은뱅이 재봉틀 군말 없이 매미체*
이어 붙이며 짧은 여름밤 삭히고 나니

온몸 실핏줄까지 금 그은 자벌레
제 몸 늘렸다 줄이고 줄였다 늘리며
처마 밑 석축 오차 없이 또박또박 재며
간밤 달다만 삐뚤삐뚤한 깃 넘겨봐
새록새록 돋는 유년 기억 재바른 손길 불러
"너 집 가서 죄일* 숫자 놀음하라"며
뒤안 대나무밭 고요 깨우는데
"저놈이 사람 키 다 재면 그 사람 죽어"
또렷이 남아
허둥지둥한 아침 키 더듬느라 혼이 빠지네

* 도포의 등 뒷자락에 덧댄 감
* 종일

춘곤증

매화꽃 잎에 발 담그고 햇살 굴리며
늦잠 자는 초록들 머리채 당기는 상사화
훤칠한 몸매 자랑하는 한낮
게 눈 감추듯 해치운 미나리 한 단
민감한 눈꺼풀에 올라앉아
쉴 새 없이 토하는 하품
바지런 떠는 여린 봄 마주하기 민망해
뒤안으로 발길 옮겨보니
냉이꽃, 꽃마리, 개불알풀로 점심 먹은
닭 일가도 고요해
뒤꿈치 들고 달걀 둥지 들추는데
빈 날갯짓으로 온 힘 다 뱉어
가장의 위용 갖추는 장닭
이맛장에 세 고랑 골 짓던 눈꺼풀과
봄 그림자 들이키던 하품
일순간 경계 자세 가다듬게 하니
문살에서 기울어지던 햇살 이르는
"괜찮아.
계절이 보내는 신호야" 되새겨 보면
춘곤증은 자연의 순환계 깨우는
준비운동 선생님이었네

부처님 오신 날

형산강 낀 28번 국도변

오종종한 새끼 거느리고
왕복 4차선 무단횡단 중인
물오리 일가

무정차 버스
철근 높이 잰 화물차
갈길 서두르던 승용차
차례로 숨죽이고
고귀한 생명
아끼고 사랑하라는
부처님 가르침 받드는데

연등 하나 못 단 중생에게
아름다운 동참 허락하시고자
물오리떼 보내신 큰 뜻
두 손 모아 받자오니
세상 모도 환하네

선비 식객*

한옥 천정은 서생원* 놀이터

수험생 아이 신경 건드릴까
은근히 고심하던 차
이웃 고양이 데려다 서너 달 돌보는데
장난이 서생원보다 더 심해
본가 돌려보냈더니

아침이면 번개같이 쫓아와
대청에 배 깔고 엎드려
날짐승들 눈치 보게 하곤
군입거리만 찾아
홀대하면 인심 날 일 뻔해
소시지 동가리로 식상 봤더니

툇마루 식당 삼고
댓 발 나온 주인장 입 향해
한옥 그림자 길게 늘이는 모양새
다시 납신 선비 식객이네

*아침만 먹으면 종가로 모여들어 점심 때우는 배고픈 선비
*쥐

연모 (戀慕)

그는 모른다
구불구불 고갯길
어설픈 보따리 끌어안고 애간장 녹이며
몇 해째 넘는지
아리랑 아리랑 아라리요

감자바우 품에서 진종일 어리광 피워
녹아내린 몸 잠시 눈 붙여 추스르려니
섬광처럼 나타나 보리 문디이 호리는 토째비*
요놈 보게
말간 동강 달빛 먹여 하얗게 식히고
꿀잠 자는 홍송더러 별 따오라 어깃장 놓고
사북 탄광촌이다 싶으면
동해 파도 소리 들리고
고씨동굴 석순 만질라치면
청령포 관음송이고
몽당비 태워 동에 번쩍 서에 번쩍하다가
멀리서 장닭 울음 오니
재발리* 아우라지 물안개 속 꼬랑지 감추는데
밤새 내색 없던 남편

"그케좋나. 그케좋냐"며
너울 타는 마누라 옆자리 꽁꽁 묶어
정선 고개 넘으니
아리랑 아리랑 아라리요

무량 없는 마음 자락
남우 못할 이✛ 시킨 강원 진경산수화 앞
일어설 줄 모르네

✱ 도깨비
✱ 재빠르게
✛ 남에게 해서는 안 되는 나쁜 행동

돌트미길*에서

구멍가게 하나 없는 마실
오줌 잔뜩 먹은 기저귀
불볕더위 이기려 어기적어기적 이고
허리춤 빨간 복주머니
덜렁덜렁 바람 만들어 유모차 미는 돌트미길

쟁백이 익히는 햇덩이 무시한 할매와 손자
하도 정겨워 갓길에 차 세우고
"어디까지 가세요" 물었는데
땅딸보 두 그림자 들은 척 않고
진득한 아스팔트 주무르며
이웃 어른들 유모차 다 불러내
사람 냄새 확 몰아치는데

읍내서 얼음과자 주머니 넣고
집에 오니 물만 있더라는
고향 할배 얘기 불러 다시 물었다
"어디까지 가세요"
여전히 불볕더위 가르는 발걸음 재발라
얼굴 가득 떠나지 않는 웃음 더 크게 펴

돌트미길 더듬는데

오래된 마을 던지는 반기사

얼음차 건네고 말동무 청해

무궁화 찍으려던 사진기

한 양푼의 빛과 그림자 앞 엄전 떨며

깊은 인꽃 향기 젖어 머문 시간도 잊는다

＊경주시 천북면 성지마을

주천(酒泉) 단풍

신선이 산다는 요선정에서
선녀들 목욕했다는
요선암 훔쳐보노라니
낮술 꽤나 한 설귀산
사재강 속에서 건들렁건들렁이며
나그네 발길 잡아끈 곳

양반이 가면 청주가 나오고
양민이 가면 탁주가 나왔다는
주천酒泉

얼씨구나
주머니 풀지 않고 마시는 땅 소주
버선발로 쫓아 나와 말리는 주천강 품에
만리장성 쌓아도 괜찮고
풍기문란으로 관아에 끌려갈망정
저고리 고름 풀고
불붙은 개 옻 잎 따다가
화주 한 모금 들이켜
오장육부 빨갛게 녹이면
주천 단풍만큼 곱으랴

똬리 튼 비암
낯선 이 설악 품으로 몰아넣으니
대청봉 신선님 펼쳐놓은
동양화 화첩 속 무릉도원
살포시 일어나 감성 지도 펴 보라네

안개와 햇살 마중하는
기암괴석 암자 삼아 날개옷 걸치니
몸이 먼저 깨닫는 생각들
사바세계 미련 몽땅 벗고
백 년이 하루라는 선계 들어
암자 감싼 구름 타고
자유로운 영혼 뱉으려는 순간
속절없는 아들의 귀대시간 바싹 다가서서
비암 똬리 풀어헤치는데
마음 자락 걸쳐 놓은 순간이 절규한다
고불고불 한계령아. 구불구불 한계령아.
제발 그 꼬리 내놓지 말아라
제발 그 꼬리 깊이깊이 감추어라

섶다리를 추억하며

시심 고운 시인님 만나러 간 영월에서

새마을 운동이 가져간 섶다리 만났네

새참 소쿠리 인 엄마 긴 치맛자락 뒤

막걸리 주전자 들고 종종걸음치다가

강 중간 뻥 뚫린 구멍으로 덜 마른 소깝*

불그죽죽한 다리 날개 마구 흔들려

오도 가도 못 하던 유년 불러내어

다릿발 울리도록 쿵쿵 꿀려본다

토째비*에 홀린 종숙부 밤새 산천 헤맨 사연

흙 내음 퍼다 비린내 바꾸던 오일장 풍경

낮달 세수시키고도 말간 개울물 헤집고 나와

여울목 걸려 조각조각 난 그리움 짜 맞추어

구부러진 섶다리 등판에서 나비춤 추는데

낡은 시간 속 그 아이

아슴푸레한 얼굴들 더듬는 추억여행

미간에다 섶다리 하나 다시 놓네

＊솔가지
＊도깨비

달집 태우며

구름과 얼음 땡 놀이하다가

황급히 성주봉 뛰어오르는 보름달에

대나무 마디 터주어 환대하는 사람들

마음 바다 깊숙이 쟁여 둔 바램

한지 위 정갈히 옮겨

북소리 꽹과리 소리 실어

달에게 보내는 뒤태

공동묘지 봉분같이 궁글려

부디 영험하길 비는데

동자들 깡통 불

우주 속 희망의 꽃 수 놓으면

정월 찬바람과 어깨동무해

풍년 기원 산천 흩뿌린 달빛

참으로 진하구나

*달빛이 진하면 풍년이 든다고 함

5

콩죽

불편한 진실

더위 속 몸값 부풀리려는 풋과일들
자연색 인물 자랑 탐스러운데
중동에서 온 바이러스
중소도시까지 확진 낙인찍어
큰맘 먹고 나온 5일장 과일전
반들반들 윤나는 체리 원산지 확인하니
"국산은 맛없어 못 먹는단다"
포장 큰 블루베리 반만 살 수 있느냐니
"세상이 시끄러우니 좋은 것 먹어야지.
돈 아껴 뭐하노"란 대답
짭줄받은 발상 단칼에 날려

텅 빈 거리 서성이며
장년의 무게 꿇어앉히는 소리
나누기 빼기 반복해도
환경 살리고 농가 살리면
서로 좋은 일 아닐까 하는 물음표
가슴에서 뱅뱅 돈다

앵
두

무첨당 얼 안 십여 그루 앵두나무
늦서리 속 꽃 먼저 피워
측은지심 고뿔 앓게 하더니
초록 이파리 속 몸 감춰 익힌 앵두
시각 다투며 뿌리는 진물 개미 약 올려
서너 그루 톱질하고
삼 동 태운 재 퍼다 덮었는데
궁궐 나들이에서
만연토록 빛나는 큰 복 지닌 경복궁
조선 문화 황금기 이룬 세종대왕 때
최고 전성기였다는데
세종대왕께서는 특히 앵두를 좋아하시어
효성 지극한 문종이 손수 가꿔
지금껏 앵두나무가 많다고 하니
임금님의 효심 아는 영남의 선비는
집 가까이 두고 성심으로 가꿔
북쪽으로 상 차려 예 다하였을 터
올봄 첫물은 소반 받쳐 사당 걸음해
잘 보존하고 있다고 고해야겠네

무익지

일가 상노인 하룻밤 유하시어

물렁하고 소화 잘되는 거로 아침상 차리려

고방 문 열두 번 여닫아도

뾰족한 묘안 없는데

안 어른 뒤안 묻어둔 무 꺼내어

얇게 썰고 살픈 쪄

고추장 다진 마늘 참기름 넣어 버무린 찬

무쇠솥으로 밥 지을 때

한쪽에 무 얹으면 밥물 넘쳐

풀떼죽처럼 끈적거리기도 하던 것

압력밥솥 나오고 영 잊었던 맛

바닥 들어낸 중발* 놓고

연신 고맙다는 말씀 전하는

사랑방 손님 동짓달 찬 기운 덥힌다

*보시기

홍수*

여물어 가는 해바라기 씨처럼

빼곡한 별

봉창 비집고 광채 뿜어

고즈넉한 갈 밤 호리다

어둑새벽

대문 비집는 안개 맞아

떨던 수란愁亂 갈무리하는데

희끗한 처마 끝으로 시선 던지니

담장 베고 별빛 흘려

빈 입에 미각 저울질하는 홍수

지난밤

속속들이 별빛 쟁여

약리작용 하는 귀한 몸이라며

하도 우쭐대

한 입 베무니

손과 입

동시에 별이 되네

*홍시

임청각 생치(生雉)* 다리

다 같이 없이 살던 시절
범보다 무서운 사가査家 손이 들면
대소가가 돌아가며 식상 봐
당가當家 고초 덜어주고
상객上客 아린 가슴 위로했다는데

촌 살림살이 가늠하는
어느 숙맥 같은 양반이
칠첩반상에 빠지지 않는
찬을 두고
장난기 발동시켜
사랑채 흔들리게 뼈 빠수니

문밖의 하인
진판산판* 안채 뛰어들어
꿩 다리가 작살났다고 아뢰니
다음 회가回家 들 집 안으로 낯빛
하얗다 못해 파래지더라네

*익히지 않은 꿩고기
*진동한동

안동식혜

내륙 깊은 안동 어느 반가에
새 사돈 왔다고 대소가 간 돌아가며 잊었던 범절까
지 들추어 손님 접대를 사흘간 이어가는데 식상과
다과상에 빠지지 않는 간 고등어와 돔배기 안동식
혜를 마주한 뱃가 사돈은 생물 맛 그리워 술목 (수
저)드는 게 부담스러워 며늘네 집에 꼭 한번 오시란
청을 남기고 얼른 길 나섰다는데

이듬해 강보에 싼 손자 앞세워 사돈집에 당도하니
펄펄 뛰는 물고기와 본 적 없는 해산물로 거득한 식
상 분위기 압도해 얼른 해물 탕을 한 숟갈 푹 떠서
씹는데 순간 물컹한 것이 용강로 흐르는 쇳물처럼
입안 구석구석 녹이어 양반 체면에 뱉지도 못하고
식도소독까지 깔끔히 하고 나니 산해진미라 칭해
도 맛 모르고 돌아섰다는데

훗날 때 묻은 사이 되어 신 사가에서 개죽을 주어
미더덕으로 복수를 했다는 우스갯소리 낳아 양반
들 문화의 차이 전하는 안동식혜는

채 친 야문 무를 고두밥과 섞고 고춧가루와 다진 생
강은 주머니에 넣고 따뜻한 엿기름물을 부어 삭히
며 설탕으로 단맛 내고 밤이나 잣 땅콩을 띄워 차게
먹는 겨울 음청류*로
반가 손님상의 단골 메뉴로 안동 홍보 톡톡히 하는
데

남편도 첫 처가 걸음하고 시댁 식구들 다 있는 데서
처가 가면 개죽 준다고 해 미편未便 하기 그지없더
니만 이젠 "안동식혜는 안했능교" 하며 장모 사랑
찾아 세배드리고 돌아오는 길 의기양양하게 앞자
리 안겨 오는 안동식혜는 고유한 향으로 미각을 담
보 잡는다네

*술 외에 기호성 음료를 총칭하는 것

쑥
떡

흙에 생명 둔 모든 것 의미 부여한 봄
작열하는 태양이고 성체 만든 여름
종족보존 위해 체내 수분 아낌없이 말린 가을
새 생명 안내하려 땅속 지형 염탐한 겨울
각기 다른 노고 치하하며 돌고 돌아온 섭리
찹쌀가루에 간하고 버무려 쪄서 한 입 삼킨다

눅진하니 씹히는 달과 별 순환한 힘
덩실덩실 춤추며 노래하며
스스로 치유할 줄 아는 쑥의 존재 들춰
자연의 힘이라 칭한다

겨우내 쌓인 피로
연둣빛 점령하는 우주 앞 종적 감추노니
몸 안에서 돌고 도는 사계절 본 맑은 영이
콩고물 안 사색에 젖어 드니
초록의 반란 고요하다

점주

갓 쪄낸 찹쌀

넙찍한 버지기에 드러누워

말갛게 앉힌 엿기름 물 만나

몸 비우는 연습해

베밥부재 씨실 날실 만든 창구멍으로

온기 내칠 무렵

안주인 손 온도계 수시로 이불 들추면

따뜻한 몸으로 콧대 높이던 버지기

밤새 수작 부리는 잠과 밤새기 하는 안주인

내려앉는 눈꺼풀 보다못해

다 비운 찹쌀 알 동동 띄워 찬 곳 찾으니

큰일 앞둔 긴장감 평정시키는 발효

지구 촌민들 입맛까지 저울질하며

민족과 함께한 역사 자랑에 자랑 늘려놓는데

부잣집에서나 하지 사사 집에선

그림의 떡이었던 시절

쪼르르 흐르던 반 티는

안주인 녹아내린 성정이었구나

콩죽

한국인이라면 다 아는 흙이 키운 단백질
이로운 걸 담뿍 담고도
일순간 넘어 재끼는 고얀 성질
은근함엔 순한 양이 되는 이중성
어르고 달래며 어린 날 입맛 불러 콩죽 쑨다
엄마가 귀에 따대기 붙인 말
"솥 옆에서 멀어지지 마라"
"퍼르르 하면 홀랑 다 넘어간다"
명심하고 명심하며 그 맛 재현하려
불린 쌀과 콩가루 넣고 소금 간해서
사알살 저어가며 마치맞게 끓였는데
먹기 싫어 다 식을 때까지 숟가락 빼 물다가
마이신 탄 숟가락처럼 삼키던 기억
혓바닥 빼물고 매롱매롱하며
두리반에 머리 처박은 오 남매
서로 다른 추억 불러 카드섹션 펼친다

빈 식탁에서 냄비 통째 피어 올리는 수증기
늙은 그리움 엉개 붙은 쌀알들에서
박 바가지 고였던 고소함 탐하며
없던 시절 밀치는 맛 명분 찾느라
뭉글뭉글하네

칼
밥
*

제사 모시고 함지박 가득인 떡 두고
눈길 한번 주지 않는 녀석들에게
칼 밥 이야기가 통할까 만은
자고 나면 골목대장 할 생각으로
꾸벅꾸벅 졸면서 지켜보던 제사 얘길 전하면
"짱뚱이였어요" 라 되물으니
어정쩡한 답 속 시루떡 식는 냄새 가득하다

지푸라기 하나 말쑥하니 다듬어
편대* 치수 재고 사방 고르게 떡 자르면
등때기 찜질 당할깝세
용케 칼 피해 떡 부스레기 주워 먹던 추억
검은 봉다리 씌워 냉동실 유폐시키며
자르기만 하는 임무 타고 난 칼에게
밥 붙여준 조상님들 훈훈한 인심이
잊혀져 가는 낱말 같아 씁쓰레한데

디딜방아 찧은 보상으로 먼저 얻어먹던 칼밥이
제사 모시기 전에 먹어 더 맛있었던 거라며
화려했던 과거사 길게 늘여 헹군다

*시루떡 괴기 위해 맞춰 자르고 남은 떡 부스레기
*떡 괴어 담는 용기

국시
꼬리

아침부터 설설 끓는 해
고추밭 한 뙈기 벌겋게 익히고
고추 따는 농군 목덜미 파고들어
입맛마저 가맣게 태우다가
저녁은 시원한 건진 국시란 말에 기죽는데
건진 국시의 진미는
삼베 등지기 올 사이로 땀이 삐져나와도
종잇장같이 밀어야 하는 것

머리 두른 면천 틈으로 땀 흘리는 엄마 옆
오종종 붙어 기다리던 국시 꼬리
국시 삶은 잔불 위 얹고
"마구 할매 방구 뀌라"
"마구 할매 방구 뀌라" 노래 부르면
밀가리와 콩가리가 있는 힘 다 모아
불룩불룩 부풀어 올랐었지

큰제삿 날
가스 불에 구워 예전 과자였노라니
"마구 할매 방귀 냄새 고시다"던 아이들
심심찮게 마구 할매 놀리더니
비 오면 에미랑 같은 추억 풀어보자며
손칼국수 해 먹자네

고
명

차 한 잔의 수다

점심나절까지 이어져

국수 삶으랴

계란 지단 붙이랴

나물 볶으랴

가스레인지 뻑닥불 이는데

소꿉친구 사위 본다는 청첩 문자

도마 위 가슴팍 풀어헤친 묵은지

스물두 살 풋풋함 몰아

섣달 신부 꼬맹이 적 되살리며

부엌 가득 그리움 피우는데

새살림 차리는 그녀

어여쁨 받고 득명*하기를 비는 마음

면기 넘치도록 담은 국수 위

오방색 고운 고명으로 올린다

*명성이 높아짐

초지렁*

새콤한 초와 설탕
게피한* 참깨
송송 썬 쪽파로 매무새 다잡아
상서로운 날 흉한 날 없이
종바리✝ 허리 펼 짬 안 주던 초지렁
빛깔 곱고 간수하기 좋은 초고추장
슬며시 그 자리 차고앉을 때

잔칫상 상석 앉아 꽃단장한
생선 문어 채소
미식가 뜨거운 시선 즐기다가
순순히 가운데 자리 내어놓을 적 떠올려

간단명료한 것 선호하는 세월
지렁에 식초만 더하는 초 간단 비법으로
화려했던 지난날 더듬으며
뒷방 늙은이 명찰 새기네

* 초간장
* 거피
✝ 종발

얼음차

삼복에 찾은 화산 고택
상노인 반기사*는 한 송이 박꽃이다

범보다 무서운 여름 손님 맞아
개다리소반 받친 물 한 잔
동동 띄운 얼음 빙빙 돌려
등골 타고 내리는 열기 접준다

평생 달빛이고 기다림만 키운 생
달강거리는 미닫이 소리마저 반가워
"더운 날은 얼음차가 최고"라니
모시 등지기 들개 입은 속곳
슬그머니 얼음차 끌어당긴다

천장 선풍기 밀어내는 바람 피해
홀짝홀짝 나눠 마시노라니
매끄라운 얼음 동가리
목젖 타고 넘으며
그간의 안부 싸느랗게 식혀
삼복 더우 눈치 살피게 하는데

나이테 두꺼운 고택 칸살 사이로
수줍어 수줍어 억지로 잎 벙그는 박꽃
빈 찻잔 속

푸르른 달빛 풀어 향내 날리며

"더운 날은 얼음차가 최고" 란다

*손님을 반갑게 맞이하는 일

백
화
주

알코올도수 30도 담금주에 설중매부터
된서리에 더욱이 향기 짙어 드는 국화까지
이름 알지 못하는 야생화들 백 가지
숫자 매겨가며 향기 훔친다

이듬해 설중매 다시 눈뜰 때까지
본연의 향과 빛깔
죄다 내리는 연습 골몰한 백화
활짝 폈던 그 시각만 기억하고
도반들과 하나 되는 법 익히며 체득한
기다림의 미학 공개해
제각각 다른 향 하나로 합한 사연
두루마리 풀 듯 풀어내곤
홀연히 자취 감추는데

지난 시간 목매어
혼돈의 역사 쓰는 사람들에게
억지로라도 먹이고프다
어울림의 맛이 이런 거라며

무첨당無忝堂 안주인의 소소한 삶과
자연이 어우러진 진경산수화

허형만(시인. 목포대 명예교수)

신순임 시인은 1984년 국가지정문화재 등록과 2010년 유네스코 세계문화유산에 등재된 경주 양동마을 고택 무첨당無忝堂의 안주인이다. 따라서 신순임 시인이 그동안 발표한 작품들은 양동 물봉골 이야기와 친정인 경북 청송 불훤재 종택 안분당을 중심으로 한 고향 마을 사람들 이야기, 즉 시가와 친가의 사람 사는 모습과 미풍양속 기록이 중심을 이루었다. 그러나 이제 시인은 이번 시집에서 자신의 소소한 삶의 이야기와 가슴에 품어오기만 했던 자연을 담담하게 그려내는 진경산수화를 우리에게 보여주고 있다. 물론 그

안에는 경상도에서도 특히 청송, 안동 지방 토박이말들이 다정다
감하게 들어앉아 작품 감상하는 재미와 전통음식의 재현으로 우리
민족정신을 한껏 북돋우고 있다. 그러면 먼저 무첨당無忝堂 안주인
으로서의 시인의 소소한 일상부터 살펴보자.

연료비 아까워 겨우내 비웠던 방 솜이불
일광욕 겸해 거풍시키려니
귀퉁이 신접살림 차린 꼬마 서생원
갑작스런 인기척에 온 방 날뛰어
헛방맹이질 얼마나 했던지
부들부들 떠는 팔 고이고이 달래
재활용 통 넘치게 이불 내놓고
훈증소독으로 분심 달래고
설 대목장 보러 참기름 방 들르니
여진 참깨 물고 가는 서생원
낯선 인기척 알아채고
머리만 수챗구멍 들어 밀었다 쏙 나와
먹잇감 낚아가길 반복한다
오전 심정 같으면
헛팔매질이라도 하겠구만은
미물도 설 쇠러 시장통 누빈다 여기니
산다는 것

마음 한 자락 머물 공간만 있다면

측은지심 하나로 버틸 수 있겠다 싶어

한참 째려보고 만다

— 「시골살이」 전문

신순임 시인의 소소한 일상은 '시골살이'에서 재미있게 시작된다. 시골 한옥에는 쥐(서생원)도 함께 살기 마련. 시인은 "솜이불"을 말리기 위해 "겨우내 비워둔 방"에 들어가 쥐를 발견한다. 쥐를 잡기 위해 팔이 부들부들 떨릴 때까지 "헛방맹이질"을 해댔으나 잡지 못하고 "이불 내놓고 분심"을 달랜 후 "설 대목장 보러 참기름 방"엘 들른다. 그런데 참기름 방 하수구에서도 여물지 않은 "참깨 물고 가는" 쥐를 발견한다. 집에서의 심정 같으면 "헛팔매질이라도 하겠구만" 순간, "미물도 설 쇠러 시장통 누빈다 여기니" 측은지심이 든다. 이 측은지심은 시인의 미물에 대한 생명 사랑에 다름 아니다. 사람에 대해서나 미물에 대해서나 "마음 한 자락 머물 공간"이 중요하다는 말이다. 이것이 곧 "산다는 것"임을 시인은 우리에게 깨우쳐 주고 있다. 오전 집에서의 "분심"은 오후 참기름 방에서 측은지심으로 변화되는 시인의 심성이 얼마나 고운가.

시인의 일상 중에서 장보기는 빼놓을 수 없는 일. 시 「불편한 진실」은 "바이러스 중소도시까지 확진 낙인찍어" 외출하기 두려운데도 "큰맘 먹고 나온 5일장 과일전"에서의 이야기다. 시인이 체리 원산지 확인하니 주인이 "국산은 맛없어 못 먹는다"고 말하는가

하면, "포장 큰 블루베리 반만 살 수 있느냐"고 물으니 "세상이 시끄러우니 좋은 것 먹어야지/ 돈 아껴 뭐하노"라는 대답이다. 시인은 기왕이면 국산 체리를 사고 싶고, 포장 큰 블루베리도 반만 사려는 알뜰한 장보기를 하려 했던 것인데 주인은

이 모든 생각을 "단칼에" 날려버린다. 이때 시인은 "환경 살리고 농가 살리면/ 서로 좋은 일 아닐까 하는" 우리 국산 농산물을 걱정한다. 한편, 시 「달팽이 고리」에서는 안강장에서 발견한 달팽이처럼 생긴 달팽이 고리 이야기가 흥미롭다. 오늘날은 "디지털 도어락이 집 지키"고 있지만, 달팽이 고리는 "여인네들 잠자리 들기 전/ 한옥 문고리에 숟가락 꽂던 때/ 돌쩌 빼지 않는 한 열 수 없는 잠금쇠로/ 쇳대도 필요 없이 요긴"했던 물건이다. 이 물건이 "녹슬고 때 눌어붙은" 채 다른 민속품과 함께 좌판에서 새 주인을 기다리며 "누군가 알아봐 주길 고대"하고 있는데 종가집 안 주인이 어찌 그냥 무심코 지나칠 수 있을까. 그런가 하면, "2년여 만에 간 대형마트/ 용광로처럼 건네보는 무인 계산대 앞"(「나는 누구인가?」)에서 키오스크에 결제할 줄 몰라 당황하며 도우미를 찾는 시인 자신의 모습도 가식 없이 보여준다.

미뤘던 모시 한복 풀 먹이고

다림질하는 한낮

면티 해바라기 가슴팍 착 엉개붙어

고인 땀방울 빨아들이는데

콩국수 시켜놓았다는 지인 전화
입은 대로 뛰쳐나갔더니
골프웨어 입은 중년 부인 옆자리
앉고 보니 양말 구멍 꽤나 크다

콩국수 한 그릇 비울 동안
대자리 앉아 눈 내리깐 샤넬 가방 피해
치마 속 숨어 에어컨 바람 쐰 엄지발가락
쥐 내려도 찍소리 한 번 못 지르고
읍내라 깔본 심보, 수백 번 더 나무라고
지인이랑 옳게 눈 못 맞추고
사거리 신호까지 어기며 당도해
패댕이 친 양말
세탁기는 애기 다루듯 한다

―「아줌마」전문

신순임 시인의 일상의 시가 늘 그렇듯 이 시도 솔직하고 꾸밈이
없어 좋다. 무더운 날씨에 풀 먹인 모시 한복 다림질하는 중에 읍
내 식당에서 지인으로부터 "콩국수 시켜 놓았다"는 전화를 받고
스스럼없이 그냥 입은 채로 차를 타고 나간다. 그런데 막상 식당에
도착하니 전화 한 지인 혼자가 아니라 일행과 함께이다. 그 사람들
은 물론 시인과 아는 사이가 아닌, "골프웨어"를 입고 "샤넬 가방"

을 들고 왔다. 시인은 지인의 반가운 전화에 엄지발가락 쪽 양말이
구멍 난 지도 모르고 읍내라 평상시처럼 "입은 대로" 외출한 셈인
데, 그만 낭패를 당하고 만다. 물론 콩국수가 제대로 넘어갔을 리
없었을 터. 우리는 이 시에서 같은 아줌마의 삶의 대비를 보면서
시인의 검소하고 순수한 삶의 한 단면을 보는 듯하다. 이러한 삶
의 단면은 시 「겨울 빨래」에서, 한겨울 "집안에 훈기 지피는 보일
러/ 잠시 쉴 짬 허락 않는 맹추위"에 "일 주일간 마실 나갈 생각 없
어/ 내일 내일로 미룬 빨래"를 해서 바지랑대 괴어 널어놓고 급히
방안으로 쫓아드는가 하면, "치자 물 먹인 베 한 필 올 잡아/서답
돌 눌러놓고 도포 마름질하려/ 반짇당시기 옆에 끼고 안방과 마루
사이/ 어정 어정이노라니 한나절이 후딱 간다"(「자벌레」)든가, "허
재비 기운 어깨 위 걸터앉은 햇살/ 들녘 스쳐가는 바람 온도 자꾸
재는 걸 보니/ 곳간 인심 짚어 볼 날 가차운"(「엿보는 건」) 종부로서
의 살림 걱정하는 마음, 한가위 명절 준비하기 위해 "배추 석단과
베개만 한 무꾸 하나"(「보기만 해도」) 사들고 왔더니 허리 통증이 심
해 한약 한 재 지어 먹은 일, 보리누름에 중늙은이 얼어 죽는다는
날, 빗속에 장에 가는데 "반소매 셔츠마저 벗어 던지고픈"(「갱년기」)
갱년기의 심정, 노안老眼과 이명耳鳴과 춘곤증 등 자신의 삶의 이
야기, 그리고 마을 다리 위에서 일본 관광객인 척한 중년 여인 넷
이서 "여유 있게 담배 피우기에/ 양동마을은 목재건물이 많아/ 금
연"(「풍선껌」)이라고 주의를 당부하기도 하고, 평소 좋아하는 사진
을 찍기 위해 경주 천북면 성지마을에 갔다가 불볕더위에 할머니

와 손자가 정겹게 걸어가는 모습을 보고 차로 모셔다주려고 "어디까지 가세요"(「돌트미길에서」) 하고 묻는 자상한 마음까지 시인의 소소하면서도 다정다감한 모든 일상이 우리를 감동케 한다.

일가 상노인 하룻밤 유하시어
물렁하고 소화 잘되는 거로 아침상 차리려
고방 문 열두 번 여닫아도
뾰쪽한 묘안 없는데
안 어른 뒤안 묻어둔 무 꺼내어
얇게 썰고 살픈 쪄
고추장 다진 마늘 참기름 넣어 버무린 찬

무쇠솥으로 밥 지을 때
한쪽에 무 얹으면 밥물 넘쳐
풀때죽처럼 끈적거리기도 하던 것
압력밥솥 나오고 영 잊었던 맛

바닥 드러낸 중발 놓고
연신 고맙다는 말씀 전하는
사랑방 손님 동짓달 찬 기운 뎁힌다

— 「무익지」 전문

신순임 시인은 종부답게 각종 음식 만드는 법과 맛에 대한 시도 많이 보여준다. 위 인용시의 '무익지'란 무를 살짝 익혀 양념한 반찬을 말한다. 일가의 어른 한 분이 집에 와 하룻밤 주무시는데 다음날 "아침상" 차리는 문제로 고민한다. 왜냐하면 "상노인"이기 때문에 "물렁하고 소화 잘되는 거로" 준비해드리고자 하는 배려심에서다. "고방 문 열두 번 여닫아도/ 뾰쪽한 묘안"이 없는데 시어머니께서 옛날 "무쇠솥으로 밥 지을 때" 한쪽에 얹은 무로 만든 반찬을 퍼뜩 떠올려 무익지를 대접하기로 한다. 조리 방법은 "얇게 썰고 살픈 쪄/ 고추장 다진 마늘 참기름 넣어" 버무리면 된다. 이렇게 만든 찬을 밥상에 올렸더니 맛있게 한 그릇 다 비운 보시기 놓고 "연신 고맙다는 말씀"을 전한다. 시인은 당연히 "동짓달 찬 기운 뎁히"듯 기분이 좋을 수밖에. 또한, "새콤한 초와 설탕/ 개피한 참깨/ 송송 썬 쪽파로 매무새 다잡아"(「초지령」) 만드는 초간장, "엄마가 귀에 따대기 붙인 말, '솥 옆에서 멀어지지 마라/ 퍼르르 하면 홀랑 다 넘어간다'/ 명심하고 명심하며 그 맛 재현하려/ 불린 쌀과 콩가루 넣고 소금　간해서/ 사살살 저어가며 마치맞게 끓여"(「콩죽」)내면 고소한 콩죽이 되고, "채 친 야문 무를 고두밥과 섞고 고춧가루와 다진 생강은 주머니에 넣고 따뜻한 엿기름물을 부어 삭히며 설탕으로 단맛 내고 밤이나 잣 땅콩을 띄워 차게 먹는"(「안동식혜」) 안동식혜 만드는 법은 물론 쑥을 "찹쌀가루에 간하고 버무려 쪄서"(「쑥떡」) 만드는 쑥떡, "알코올 도수 30도 담금주에 설중매부터/ 된서리에 더욱이 향기 짙어 드는 국화까지/ 이름 알지 못하

는 야생화들 백 가지"(「백화주」)가 어울린 술 백화주 등 시인 자신이
어머니로부터 배운 것과 경험을 합쳐 만들어 낸 음식과 그 맛을 시
적으로 작품마다 고소하고 감칠맛 나게 담아내고 있다.

여물어가는 해바라기 씨처럼

빼곡한 별

봉창 비집고 광채 뿜어

고즈넉한 갈 밤 호리다

어둑새벽

대문 비집는 안개 맞아

떨던 수란愁亂 갈무리하는데

희끔한 처마 끝으로 시선 던지니

담장 베고 별빛 흘려

빈 입에 미각 저울질하는 홍수

지난밤

속속들이 별빛 쟁여

약리작용 하는 귀한 몸이라며

하도 우쭐대

한 입 베무니

손과 입

동시에 별이 되네

― 「홍수」 전문

신순임 시인이 거처하는 무첨당 안팎의 자연물은 물론 고양이
나 제비에 이르기까지 사유의 폭넓음 또한 빼놓을 수 없는 시세계
다. 이 시에서 '홍수'의 표준어는 '홍시'다. "고즈넉한 갈 밤"을 유
혹하는 홍시의 자태는 "봉창 비집고 광채"를 뿜어내는데 마치 별
을 닮았다. 시인이 "희끔한 처마 끝으로 시선 던지니" 잘 익은 홍
시가 눈에 들어와 '저걸 따 먹어 말어' 하는 생각 중에 홍시가 "지
난밤/ 속속들이 별빛 쟁여/ 약리작용 하는 귀한 몸"이니 자기를 먹
어주길 바라는 것 같아 결국 홍시를 따서 한 입 베문다. 실제로 홍
시는 혈관 건강, 숙취 해소, 노화 방지, 피로회복, 장 건강, 항암효
과, 면역력 강화 등 뛰어난 약리작용으로 먹을 것이 부족했던 시
절부터 지금까지 간식으로 사랑받는 과일이다. 홍시를 한 입 베어
문 사이 시인의 "손과 입/ 동시에 별이" 되는 황홀함에 젖는다. 무
첨당 안 십여 그루 앵두나무에 대한 애착도 상당하다. 세종대왕께
서 특히 앵두를 좋아하여 경복궁에 효성 지극한 문종이 손수 가꿨
다는 이야기에 "임금님의 효심 아는 영남의 선비는/ 집 가까이 두
고 성심으로 가꿔/ 북쪽으로 상 차려 예 다하였을 터"(「앵두」)라 그
양반 가문의 종택을 지키는 시인이야 어찌 소홀했겠는가. 첫물 따
서 사당 걸음 해 조상님께 먼저 바치는 모습 선하다. 한편 신순임
시인의 시가 재미있게 읽히는 작품 중 고양이와 제비를 빼놓을 수
없다. 한옥 천정이 서생원 놀이터라 수험생 아이 공부하는데 신경
쓰일까 봐 이웃집에서 고양이를 데려다 놨는데 이 고양이도 서생
원 못지않게 장난이 심해 다시 돌려보냈으나 "아침이면 번개같이

쫓아와/ 대청에 배 깔고 엎드려/ 날짐승들 눈치 보게 하곤/ 군입거리만 찾아/ 홀대하면 인심 날 일 뻔해/ 소시지 동가리로 식상 봤더니"(「선비 식객」) 이젠 아예 툇마루 식당 삼고 늘어진 모습이 영락없이 아침만 먹으면 종가로 모여들어 점심 때우는 배고픈 선비 같다는 데서 절로 웃음이 나온다. 한편, 제비는 또 어떤가. 한옥은 봄철이면 제비들이 집 짓고 살아가기 딱 알맞은 곳이라 올해도 "단오 지난 지가 언젠데/ 분통 같은 집 틀어박혀/ 맨날 먹고 싸고 먹고 싸/ 댓돌 위 똥탑만 높이기에/ 야, 이놈들아/ 나가서 똥 싸면/ 어데 덧난다더냐/ 큰소리로 나무란 뒷날/ 제비 오 형제 외출하며/ 문지방 얹어둔 문학지 표지 위/ 보랏빛 속내 까맣고 희게/ 휘갈겨 놓았"(「반성문」)다는 이야기는 구수하면서도 얼마나 정감이 가는지, 신순임 시인의 해학적이고 위트 넘치는 시적 진술에 감탄하지 않을 수 없다.

어정칠월 걸어 나가고
건들팔월 슬슬 다가와
뚫어진 문구멍 덧댈 궁리로
계자난간 기대앉았노라니

방낮 악쓰던 매미보다
더 긴 곡 독주하는 귀뚜리
짧은 공연 일자 공개하며

저음으로 분위기 다잡는데

알알이 여문 알곡들 모실 궁리로

고방 문 수시로 열었다 닫는 건들바람

박자 놓친 추임새도 한 몫 거들고

초경 치른 아이 젖망울 같은 매아리로

내일부터 들에 나가는 횟수 줄겠다며

알분스럽게 나서는 성질 급한 소국

한 옥타브 높인 소리로

늙은 초록들 기죽이며 은은한 향내로

서성이는 가을 확 낚아채네

-「입추지절에」 전문

신순임 시인이 거처하는 무첨당에도 계절은 어김없이 시인과 함께 한다. 그런데 한 가지 특이한 점은 4계절 중 「봄비」, 「장마의 심청」을 제외하곤 단연 가을에 관한 시로 이루어져 있다. 그건 아마도 신순임 시인의 감성이 가을의 이미지에 더 매력을 느끼고 있어서이지 않을까 싶다. 입추는 대서와 처서 사이에 가을이 시작된다는 절기이다. 이때를 신순임 시인은 "어정칠월 걸어 나가고/ 건들팔월 슬슬 다가"오는 때라고 말한다. 어정칠월이란 농가에서 음력 칠월은 별 일없이 어정거리는 동안에 가버린다는 말이다. "건들팔월"은 건들건들 부는 바람처럼 덧없이 지나간다는 의미이다. 또 '어정칠월 동동팔월'이라 하면 농촌에서 칠월은 한가히, 팔월은 추수에 바빠 동동거리는 사이에 가버린다는 말이다. 어떻든, 시인에게 입추는 "뚫어진 문구멍 덧댈" 때가 다가오고 있음을 알고 계자난간에 기대앉아 궁리하게 하는 계절이다. "계자난간"이란 난간동자를 닭의 발 모양으로 바깥쪽으로 구부정하게 하여 화초무늬나 덩굴무늬를 새겨 만들고, 돌난대를 밖으로 내밀어 걸친 난간이다. 이 난간에 기대앉은 무첨당 안주인은 귀뚜리 소리와 초가을에 불어오는 서늘하고 부드러운 건들바람과 "은은한 향내로/ 서성이는 가을 확 낚아채"는 소국에 취해 뚫어진 문구멍 덧댈 생각은 잠시 잊는 듯하다.

가을은 역시 "돌담 틈새 무허가 노래방 차려/ 깊어 드는 밤 갉으며/ 고성방가하는 녀석들"(「말복보다 먼저 온 입추」), "방낮 악쓰던 매미보다/ 더 긴 곡 독주하는" 귀뚜라미의 계절이다. 또한 가을은 "총총 핀 깨꽃/ 폐부 깊숙이 향내 전하고/ 넌들넌들한 콩잎/ 손바닥 쳐 바람 일 받는 봇도랑가/ 연이은 폭염 양수기 호스 타고/ 나락해기 뽑아 올리는"(「나락 해기피더니」) 계절이며, "더넘바람 양철통 여불때기 흔들면/ 물 건너온 명품 맥고모 턱까지 눌러쓰고/ 메밀 잠자리 비단 날개옷/ 하염없이 바라보는 허재비"(「탱자가 익어갈 때」)의 계절이다. 또한 가을, 하면 역시 단풍이라서 "목련나무 꼭두배기에서 번지점프 즐기던 홍엽/ 천연기념물 동경이네 방 보료 만들면/ 이 집저 집 훈기 훔치는 시월/ 차고 넘친 인정으로 골바닥 단풍들이"(「물봉골 가을 소묘」)듯, "신선이 산다는 요선정에서/ 선녀들 목욕했다는/ 요선암 훔쳐보노라니/ 낮술 꽤나 한 설귀산/ 사재강 속

에서 건들렁건들렁이며/ 나그네 발길 잡아"(「주천酒泉 단풍」)끄는 주
천酒泉 단풍도 일품이 아닐 수 없다.

　마지막으로, 앙드레 지드가 독일 작가인 클라이스트의 작품을
읽고 독일어의 유연한 융통성에 주목하면서 그것을 그대로 독일
정신으로 연결시켰듯이 우리는 신순임 시인의 시를 읽으면서 경상
도, 특히 청송과 안동 등지에서 사용되는 토박이말의 감칠맛 나는
묘미와 우리 민족정신에 흠뻑 빠질 수 있었다.

　　토박이말
　　촌부들이나 쓰는 격 떨어진 말로
　　우리말 사전에서나 찾아야 하니
　　통일되면 언어장벽에서
　　또다시 남과 북으로 만날 우리말
　　경부선 고속도로 하행선 공사장
　　'길 어깨 없음'이
　　정겹고 따뜻한 순우리말 찾아 쓰기의
　　작은 불씨 되면 참 좋겠네
　　　　　　　　　　　　　　　　　　－「길 어깨」 부분

　신순임 시인의 "토박이말" "순우리말"에 대한 생각이다. 도로
갓길 공사판마다 한때 '노견路肩 공사중'이란 한자어를 썼던 적이
있었는데 이후 이 '노견'을 '길 어깨'라는 순우리말로 바꿔 쓰고 있

음을 반가워하면서, 작품 속에 "정겹고 따뜻한 순우리말 찾아 쓰기"와 토박이말 사랑을 몸소 실천하고 있는 시인의 우리말 사랑은 높이 평가받아야 한다. 그래서 토박이말(방언)을 연구하는 언어학자들은 신순임 시인의 시를 예문으로 사용해도 좋으리라.

탱자가 익어 갈 때

초판 인쇄 2023년 7월 15일
초판 발행 2023년 7월 20일

지은이 신순임
펴낸이 김상철
발행처 스타북스
등록번호 제300-2006-00104호
주소 서울시 종로구 종로 19 르메이에르종로타운 B동 920호
전화 02) 735-1312
팩스 02) 735-5501
이메일 starbooks22@naver.com
ISBN 979-11-5795-697-5 03810